Green -eyed cat
Mi gato de ojos verdes
Il mio gatto dagli occhi verdi

Mildres Daudinot

Library of Congress Control Number: 2021917174
ISBN: Softcover   978-1-5065-3843-3
                        Ebook   978-1-5065-3844-0

Illustration by Elidea e Gabrielita
www.elidea.net

Print information available on the last page

Rev date: 31/08/2021

To order additional copies of this book, please contact:
Palibrio
1663 Liberty Drive
Suite 200
Bloomington, IN 47403
Toll Free from the U.S.A 877.407.5847
Toll Free from Mexico 01.800.288.2243
Toll Free from Spain 900.866.949
From other International locations +1.812.671.9757
Fax: 01.812.355.1576
orders@palibrio.com

THE GREEN-EYED CAT

My green-eyed cat
spends days on the roof.
Come, get off the roof
and you will see you are going to have fun.

MI GATO DE OJOS VERDES

Mi gato de ojos verdes
pasa días en el techo.
Ven, baja del techo
y verás que te vas a divertir.

IL MIO GATTO DAGLI OCCHI VERDI:

Il mio gatto dagli occhi verdi
trascorre giorni sul tetto.
Vieni, scendi dal tetto
e vedrai che ti divertirai.

I have a bird in the garden
I keep mice running around the corners
I keep cans filled with sardines
and other colorful fishes
I have a belly as big as a ball
I keep a boat-shaped sofa
I have patience, but there is little left.

Tengo un pájaro en el jardín
tengo ratones corriendo por los rincones
guardo latas con dentro sardinas
y otros peces colorados.
Tengo una panza grande como una pelota
tengo un sofà en forma de barco
tengo paciencia, pero poca queda.

Ho un uccellino nel giardino
tengo dei topi che corrono dappertutto
tengo lattine con dentro sardine
ed altri pesci colorati.
Tengo una pancia grande come una palla
tengo un sofà a forma di barca
tengo pazienza, però poca ne resta.

I named it Philip,
my green-eyed cat,
the one which spends days
wandering over the roof.
I keep a fishbone
cleaned with care.
Come, get off the roof and you will see you will be going to have fun

Yo le puse como nombre Felipe,
a mi gato de ojos verdes,
aquel que pasa días
vagando por el techo.
Tengo una espina de pescado limpiada con cuidado.
Ven, baja del techo y verás que te vas a divertir.

Lo chiamai Filippo,
il mio gatto dagli occhi verdi,
che trascorre giorni gironzolando sopra il tetto.
Tengo una lisca di pesce pulita con cura.
Vieni, scendi dal tetto e vedrai che ti divertirai.

All day long I wonder
why Philip spends all day
wandering around the roof,
if it is sick or sadly in love.
I have the medicine to treat you
Philip!
Get off the roof and you will have fun.

Yo paso todo el día,
de un lado al otro, tratando de entender
por qué Felipe anda todo el día
vagando por el techo,
si está enfermo o tristemente enamorado.
Tengo medicinas justas para curarlo
¡Felipe!
Ven, baja del techo y
verás que te divertirás

Io trascorro tutto il giorno,
da un lato all' altro, per capire
perché Filippo passa tutto il giorno
gironzolando per il tetto,
se è ammalato o tristemente innamorato,
Tengo le medicine giuste per curarlo
Filippo! Vieni, scendi dal tetto e vedrai che ti divertirai.

THE GREEN-EYED CAT

By: Mildres Daudinot

My green-eyed cat
spends days on the roof
Come, get off the roof
and you will see you are going to have fun

I keep a bird in the garden
I keep mice running around the corners
I keep cans filled with sardines
and other colorful fishes
I have a belly as big as a ball
I keep a boat-shaped sofa
I have patience, but there is little left

Come, get off the roof
and you will see you will be going to have fun

My green-eyed cat
spends days on the roof
Come, get off the roof
and you will see you will be going to have a
lot of fun

I named it Philip,
my green-eyed cat,
the one which spends days
wandering over the roof
I keep a fishbone
cleaned with care

Come, get off the roof and you will see you will
be going to have a lot of fun

My green-eyed cat
spends days on the roof
Philip! Get off the roof
and you will see you will be going to have fun

All day long I wonder
why Philip spends all day
wandering around the roof,
if it is sick or sadly in love
I have the right medicine to treat you
Philip! Get off the roof and you will have fun

My green-eyed cat
spends days on the roof
Philip! Get off the roof
and you will see you will be going to have fun

I keep a bird in the garden
I keep mice running around the corners
I keep cans filled with sardines
and other colorful fishes
I have a belly as big as a ball
I keep a boat-shaped sofa
I have patience, but there is little left

My green-eyed cat
spends days on the roof
Philip! Get off the roof
and you will see you will be going to have fun.

Un gato de ojos verdes

De: Mildres Daudinot

Mi gato de ojos verdes
pasa días en el techo
Ven, baja del techo
y verás que te vas a divertir

Tengo un pájaro en el jardín
tengo ratones corriendo por los rincones
guardo latas con dentro sardinas
y otros peces colorados
Tengo una panza grande como una pelota
tengo un sofá en forma de barco
tengo paciencia, pero poca queda

Ven, baja del techo
y verás que te vas a divertir

Mi gato de ojos verdes
pasa días en el techo
ven, baja del techo
y verás que te vas a divertir un montón

Yo le puse como nombre Felipe
a mi gato de ojos verdes
aquel que pasa días
vagando por el techo
Tengo una espina de pescado
limpiada con cuidado
Ven baja del techo y verás que te vas a divertir

Mi gato de ojos verdes
pasa días en el techo
¡Felipe!
Ven, baja del techo
y verás que te vas a divertir

Yo paso todo el día,
de un lado al otro tratando de entender
por qué Felipe anda todo el día
vagando por el techo
Si está enfermo o tristemente enamorado
tengo medicinas justas para curarlo
¡Felipe!
Ven, baja del techo
y verás que te vas a divertir

Tengo un pájaro en el jardín
tengo ratones corriendo por los rincones
guardo latas con dentro sardinas
y otros peces colorados
Tengo una panza grande como una pelota
tengo un sofá en forma de barco
tengo paciencia, pero poca queda

Mi gato de ojos verdes
pasa días en el techo
¡Felipe!
Ven, baja del techo
y verás que te vas a divertir.

UN GATTO DAGLI OCCHI VERDI

Da: Mildres Daudinot

Il mio gatto dagli occhi verdi
trascorre giorni sul tetto
Vieni, scendi dal tetto
e vedrai che ti divertirai

Ho un uccellino nel giardino
tengo dei topi che corrono dappertutto
tengo lattine con dentro sardine
ed altri pesci colorati
Tengo una pancia grande come una palla
tengo un sofà a forma di barca
tengo pazienza, però poca ne resta

Vieni, scendi dal tetto
e vedrai che ti divertirai

Il mio gatto dagli occhi verdi
trascorre giorni sul tetto
vieni, scendi dal tetto
e vedrai che ti divertirai
un mondo

Lo chiamai Filippo
il mio gatto dagli occhi verdi
che trascorre giorni
gironzolando sopra il tetto
tengo una lisca di pesce
pulita con cura

Vieni, scendi dal tetto e vedrai che ti divertirai

Il mio gatto dagli occhi verdi
trascorre giorni sul tetto
Filippo!
Vieni, scendi dal tetto
e vedrai che ti divertirai

Io trascorro tutto il giorno,
da un lato all' altro per capire
perché Filippo passa tutto il giorno
gironzolando per il tetto
se è ammalato o tristemente innamorato
tengo le medicine giuste per curarlo
Filippo!
Vieni, scendi dal tetto e ti divertirai

Il mio gatto dagli occhi verdi
trascorre giorni sul tetto
Filippo!
Scendi dal tetto
e vedrai che ti divertirai

Ho un uccellino nel giardino
tengo dei topi che corrono dappertutto
tengo lattine con dentro sardine
ed altri pesci colorati
Tengo una pancia grande come una palla
tengo un sofà a forma di barca
tengo pazienza, però poca ne resta

Il mio gatto dagli occhi verdi
trascorre giorni sul tetto
Filippo!
Vieni, scendi dal tetto
e vedrai che ti divertirai.

Printed in the United States
by Baker & Taylor Publisher Services